踊る

大崎清夏

左右社

目次

ふたりで

ひとりで

松浦佐用媛、舞い舞う

踊る自由

彼らは、身体が何をなしうるか知らないのである

――バルーフ・スピノザ

ふたりで

触って

喋っているうちに　私は
どうしてもその人に触りたくなったのですが
それは法律で禁じられている行為だったので
かわりにその人を　じっと見ました

ほんとうはもっと長いこと
見ているつもりだったのですが
幸いその人には　私に見せたいものがあったので
私はその人から目を離して
その人が見せてくれるものを見て

ひとつひとつに感想を述べました

見られたくないものを見せたいもので隠して
そのくせ見られたくないものを見破ってほしがっている
私がそういう　めんどくさい生きものだからといって
その人もそうとは限らない　と私は考えました

でも――見間違いかもしれませんが
その人は嬉しそうに笑ったあと
微かに不服の顔で私を見ました

私はただ、その人と私の間に
また互いを見たいという共通点のあることを確かめて
電車に乗って家に帰りました

その人と私との間にあったのは　それだけです

両性の合意

性交なんかしなくてもよかった。
誰かとふたりで裸になってみたいだけだった。
抱きあって一緒に眠ってみたいだけだった。
だけどそれはとても難しいことだった。
誰とすればいいのかわからないことだった。
ひょっとこは美男ではなかった。
おかめは美女ではなかった。
それでもふたりは対になって踊った。
あけっぴろげな踊りを踊る神様の子孫をまねて。

頂上なんか行かなくてもよかった。
山小屋でいつまでもごろごろしていたかった。
だけど雨が降る前に下山しないといけなかった。
なぜかうちに帰らないといけなかった。
うちに帰って着替えないといけなかった。
小淵沢の駅には蕎麦屋があった。
ふたりで山菜かき揚げ蕎麦を啜った。
満腹になるとすべては正しいように思えて
重い山道具を背負っていそいそと帰った。

解散なんかしなくてもよかった。
ちょっとひとりで振付を確かめたいだけだった。
だけどファンのみんなに説明しないとだめだった。
説明して理解と共感を得ないとだめだった。
観客席からの声援が大きすぎて

自分の声がよく聞こえなかった。
舞台の袖ではカンペを持った女子が泣いていた。
ファンのみんなに手を振って会場を後にした。
夜はまだ明るかった。
生々しい柑橘類の匂いがした。
服の裾から風の腕が侵入して
腰の背骨をつつつと触った。
素性のわからない風だった。
強い力で抱きしめられた。

知らない店で酔っぱらうのなんか嫌だった。
あとすこし議論をたたかわせていたかった。
効果的な引用句で賢いところを見せたかった。
だけどそのとき灯りが消えて清掃が始まった。
店員が歌いながらシンクの蛇口をひねった。

隣の客が自分の話に笑いながら椅子を引いた。
グラスの氷が溶けて
長さの違う指が絡んだ。
どこに帰ればいいのかわからなかった。
店を出て知っている方角へ歩いた。
じゃあ行けるところまでね。
手は繋がなかった。
夜は深く冷えはじめた。

遺棄現場

私が愛という言葉をあなたに教えたとき、あなたはまだ何も聞いてないみたいな顔をした、まるで手を滑らせて、ひび割れに落っことしてしまったみたいに。情熱的な側面を隠そうとして私は、激しく揺れる椰子の木から目を離さないように努めた。でもあなたはかえって恐れずに私の横顔を見た。あなたの仕事のせいで、言葉はそわそわしながらあなたの斜め後ろで控えめな態度をとりつづけた。でもあなたは私を馬鹿にしていたわけじゃなかった。むしろ羨んでいたのだと思う、あなたなんか全然知らない私のこと、あなたとは全然違うものを追いかけている私のことを。

あなたは慎重に話題を選んだ。ひどく曖昧な言いかたで私を誘った。その慎重な態度がいとしかった。よく喋る女がふたり私たちの背後を通りかかって、この人がどれだけ有名かあなたわかってないのよと言った。私たちはひどく動揺して、必死で聞こえなかったふりをした——私たちの儚いひび割れみたいな友情のために。そんなこと言われなくても、どれだけ強く望んでも私がそれ以上あなたに近づけないことをあなたは痛いほど知っていた。あなたには、私に近づこうと望むことさえ許されていなかった。そんな出会いがこれまで、あなたに幾つあったかわからない。でも私には初めてのことだった。あなたの傷口が深く深く乾いてひび割れになって、あなたのファンには見えないそのひび割れを見てくれる人をあなたはいつも探してた。だから私は見てあげた。そのお返しに、私を曖昧に引き留めるほかに、あなたに何ができただろう？　お祭りの夜の制限時間や、遅れて来る忘却の暴力なんか問題じゃなかった。私たちは自分に起こせる最大風速で互いの魂の服を脱がせようとやっきになった、結局それは、うまくいかなかったけれど。

いつかずっと先の夢のなかで、ふしぎなやりかたで、あなたは簡単に私を抱くだろう。私はあなたを許して、案内してあげるだろう。そうして、指先まで発光するような快楽を得るだろう。片方の目で泣きながら。

ハバナ

その街はとても洗練されていて、とても野蛮だった。人は木から果物を取って食べ、牛と米とを育てた。楽器の誕生以来の音楽が、いたるところで奏でられた。粗く削られた木材の洞からは、果汁を絞って撒き散らしたような音色が聞こえた。時空はもちろん歪んでいたので、住める人は限られていた。訪れる人は時間を忘れにきていた。住む人は時間を忘れていた。だからその街には現在しかなかった。朝の鳥、正午の車、午後の人の囀りがあり、果物には強い日射しの匂いが、多肉植物には夜のそよぎがあった。猫と犬とは人と対等に縄張りを主張し食べるものを要求した。よく喋る女はパンを買いに出かけていた。私は黒い艶やかな犬に道を尋ねて、どこかに泉がないか探した。いつから泉が目的になったのか思いだせなかったが、もうずっと泉を探していたのだった。あるいは私は、泉を目に入れずに通り過ぎたのかもしれなかった。あるいはここでは、泉という言葉が楽器を指すのかもしれなかった。

私は何でも撮れる機械を持っていた。道を歩き下っていくと、すべての光景が私の腕を乱暴に摑んで自分を撮るように迫った。けれどもそのなかに泉はなかった。情熱を行使して陣地を得た色彩は威圧的だった。私は拗ねて、できるだけ薄暗い場所を見つけて座りこんだ。苛立ちを振り落とすために、暗がりのなかで力なく肩を揺すった。すると、あなたの声がふいに耳元で聞こえた。愉しむようにと声が言った。あなたはこの街に住んでいたので、なめらかな曲線を湛えた楽器だけを持ち、機械なんか何ひとつ持たないで平気でいた。なぜあなたが私を見つけたのかわからなかった。私はあなたの声が泉によく似ていることに気づいた。それは私の機械では撮れない唯一のものだった。その甘いような苦いような不可能が私を泉の真ん中に連れていった。水が湧いていた。水しぶきが機械にとんだ。あーあ、壊れちゃうなあ、いい機械なのにと私は身体の左上の方で思った。身体の右下の方はすでに、泉の水でひたひたに満たされていた。なぜ私にそのことがわかったのかわからないけれど、あなたもまた暗がりから暗がりへ避難しながら生き延びていたのだった。私たちはほんの少しのあいだ、同じひとつの暗がりのなかでじっと身を寄せあった。一言二言、意味の抜け殻のような言葉を交わした。それから黙って、水の湧く音に耳をすました。

采女

呼吸が浅くなって
視界に雨が降る。
目眩。

どの欲望も色に染まって
自分の正義を主張するから
私は拒む言葉に困って
あなたから少し離れて
梨をひとつ剝く。

木の蓄えた水で秋が湿って
体の浮くような目眩の
火が収まるのを待つ。

みんなが見ると決めたものから
私が目を背けることが
あなたを傷つけることに
ならないように祈る。

まず自分の酸素を確保して
それから人を助けること。

唱えながら整えた小さな隠れがに
切りわけた梨を運んで
あなたを待っている。

線画の泉

陶器の白い泉から、線は放射状に湧いて、それは、勇気のようなものだった。小さい陶器だったけれど衝撃的な形をしていて、いくらでも勇気を受けとめたので、皆とても驚いた。この泉は底なしだ、と誰かが言った。皆とても怖くなった。泉は布で覆われた。布の下で、勇気はいつまでも湧き続けた。少し経つと人びとは関心を失ったが、あなたは挑むことにした、あなたの限られた材料で。あなたの材料は白い紙と黒い線だった。どんなに白くても紙には縁《へり》があるから、今朝、ちいさなマグカップでコーヒーを飲みながら、線を一本、意思の力で紙に引いたあなたの黒い勇気の量と、泉のとめどない勇気の量とを、比べることなどできなかった。陶器の白い泉から、線の飛沫はきらきら散った。わたしはあなたの味方になろうと努めながらも、憧れにも似たかんじの眼差しで窓から見える泉を眺めた。ふる里にいた頃は絵日記ばかり書いていたのに、いつのまにか分業の世界に慣れて、濡れた手で窓を閉めて、わたしはあなたの線を誉める係になっていた。あなたの線は黙ってきっぱりと絵になってゆくのに、わたしの線はぺらぺらと言葉になってばかりいた。陶器の白い泉から線が湧きはじめた日、右の脇腹がかすかに痛んだ。お風呂に浸かりながら体を捻って見てみると、笑う顔のような痣ができていた。わたしはそのことを誰にも言わないことにした。次の朝、窓からふたりで泉を見た。よく喋る女が四人、陶器の周りを囲んでいた。そのとき、あなたの右隣にいるわたしが、闘志に薪をくべたのがわかった。痣が、声を立てずに笑った。あなたの肩に嘘ではない応援の言葉をかけたまま、ちいさなスープ皿をシャツの下に隠し持ち、あなたの目を盗んで、わたしは今日、泉へ勇気を浴びにいく。

裸子植物を塗る筆

時が経つと痣は少しずつ薄くなりながら形を変えていき、脇腹から太腿へと広がっていった。痛みはほとんどなく、身体が乾燥すると羊の群れのような痒みが患部を羊皮紙状にしてしまうので、痣とともに余白も際限なく広がっていった。痣は筆で書いた漢字に見えることもあったし、干した葦で書いたアラビア語に見えることもあったし、インクペンのローマ字の綴りに見えることもあった。どの辞書を引けばいいのか知らなかった私には、そわそわと皮膚の下で控えめな態度を取り続ける字《あざ》が何を言いたいのかいつまでもわからなかった。そのうち字は痺れを切らしたように情緒的な側面を隠さなくなった。膝の裏で縁だの絆だのと赤く腫れあがったのが、鏡越しに読めるようになった。私は術後に体内に糸を残された患者になったみたいで気味がわるくなり、あなたの絵筆を借りて、医学の本に沿って筍の灰汁を煮詰めた薬で字を茶色く塗りつぶしてから泉の水で洗い流した。すると字は簡単に消えた。私の体はようやく、しんとした静けさを取り戻した。何週かぶりの静けさだった。官能的な静けさだった。泉のそばに生えた椰子の木が海からの風に激しく揺れた。風は瞬く間に暴風に変わり、字にならないまま吹き荒れた。官能的な静けさは続いた。私はゆっくり感じようと思って、椰子の木を抱きしめてしばらくじっとしていた。そのうち、自分が裸子植物に擬態しているのだとわかった。ざあざあ鳴る風に髪の毛が舞うに任せると、毛先はいつまでも風と踊った。椰子の葉の筆が私の裸を椰子の葉色に塗り、私の髪の筆が椰子の木を髪色に塗った。たっぷり水分を含んだそれぞれの筆で、私たちは互いの色も確かめずに塗りあったのだった。

照明論

暗がりはあんなに居心地よかったのに、明かりなんか全然ほしくなかったのに、私たちは驚くほど明かりを必要としているのだった。あなたは点光源をよく食べ、私は太陽光と寝ていた。私たちがそれぞれの光源を必死で忘れようとしていたとき、軽薄な音を立てて照明が点いた。私たちはかなしい握手を握手した。互いの目を見てにっこり笑った。

表へ出ると太陽光が嬉しそうに追いかけてきて、どこにいたのよ寂しかったじやないのと言いながら私の頭をごしごし撫で、白茶けた道を図書館へ歩く私の隣でいつまでも喋った。ぺんぺん草を握りしめた子どもと、涙の跡をスウェットに滲ませた子どもとが、じゃれあいながら太陽光と私の間に割りこんできて、またどこかへ駆けていった。大人びた顔だちの、もの静かな子どもたちだった。彼らは今日それから明日、どんな光源を糧にするのだろう。私が黙って返事をしないことに太陽光は腹を立ててずかずかと雲のなかへ戻り、するとは道はいっそう白くなって、空からはぽつりぽつりと黒い雨が降り始めた。障子紙のように光を透かす薄曇りの空の下、黒い雨は平和な音をたてて降った。意外だったが、快かった。黒い滲みが私の周りに点々と広がり、進行方向に向かってくっきり定着した一連の滲みが「あわゆきの　わかやるむねを」と読み取れた。てっきり図書館へ向かっていると思っていたのに、私はいつのまにか開いた本の上を歩いているのだった。行末まで来ると、黒い雨に濡れそぼった窮屈な靴の足跡でルビを振りながら行間の白い側溝を遡り、次の行へ進んだ。人影はなく、男性用の香水の染みこんだ車の臭いの不安がときおり鼻腔を掠めたけれど、足元の文字を声に出して読みながら歩くと勇気が湧いてきた。遥か東に白い巨大な団地が見えた。それはまだ開かれていない無数の本の棟だった。太陽が沈むのと同時に雨が激しさを増し、地面が黒塗りの書面になっても、団地はいつまでも白く発光し続け、私は光を頼りに歩き続けた。

渋谷、二〇一一

夜になり、東京メトロに乗って勤める会社から初台の築四〇年のマンションへ帰ってくるとき、ときどき呪文を唱えるように私は思いだす。「あんたはまっすぐ自分ちに帰るでしょ、いつも帰るでしょ、あれじゃタクシードライバーの名がすたるじゃないの。」それは「夢みることをやめない」という詩のなかで詩人が言うせりふだ。

平日には毎晩、山手通りの歩道を歩いて帰る。引越してくる前からずっと工事中の大通りには、大勢のタクシーが走っている。内側からぼうっと光る赤いコーンが、混みあう灯籠流しのように、歩道と車道とタクシーの間を埋めつくしている。死んだ人みたいだ、と私は思う。歩道を歩く私も、流れつづけるタクシーも。山手通りは代々木八幡付近で小高く下道に覆いかぶさる。吹く風は少し冷たくなる。さっきまで一緒にいた会社の人たちやこれから顔を合わせるはずの同居人、明日会うはずのともだち、地上に残してきた人たちのことを、私は死んだ人の目で思いだす。

移動しつづける人はどこにもいない。どこにもいない人に憧れて、必死でどこにもいない人になろうとしていたはずなのに、いつも私はオーケーストアの角で道を左に折れた。灯籠流しの混雑を離脱して自分ちに帰り、あなたの薦める映画を観た。

必要とされるのは快いことだった。朝のお味噌汁をともに飲む相手として。オーケーストアの買い物をともにする相手として。会議に参加し資料をまとめ予定を調整する人材として。盛り上がりに欠けた会合のただの頭数として。私は喜んで出かけた。どこにもいない人になるために、どこにでもいるように心がけた。どこかにいて、誰かに見ていてもらうように心がけた。私の健康、私の活躍、私の発展を。何者でもないことを悲しがるのをやめるため、好きな服を着た。ときどき、ほんとにたまにだけど、死んだ人みたいだ、と思った。画面に没頭するあなたも、会議室の人びとも、会合に集まった頭も、好きな服を着た私も。山手通りの歩道を歩く私は、死んだみたいな私にとてもよく似合っていた。警察官の自転車が一台、後ろから追い越していった。生きてる人が見当たらなかった。生きてる奴どこだよと思った。ばかばかしい涙が溢れてきて、ばかばかしかった。

歩いている私はどこにもいなかった。歩いている私を誰も探しに来なかった。歩いている私は一歩ずつ点Ａから点Ｂへ移動していた。点Ａの右足が地上を離れ点A’に着地するまで、私の右足はどこにもいなかった。点Ｂの左足が地上を離れ点B’に着地するまで、私の左足はどこにもいなかった。

渋谷区の路上で、きちんとした身なりの会社帰りの歩行者や、小型犬を連れた夜の散歩の人に混じって、いずれ植込みの緑が車の吐き出す悪い空気を吸い取ってくれるはずのいくつもの四角い区画を横目に、泣きながら歩いている私は生きていた。ひとりぼっちで、満ちて、引いて、浮かんで、沈んで、晴れて、凪いで、澄んで、繋がって、切れて、揺れて、翻って、膨らんで、萎んで、潤って、乾いて、光って、溢れて、

生きて、どこにもいなかった。

東京

満ち足りた空間で始まるしりとりの熱で冬が暖められると、私は簡単に脱いでしまって、あなたたちに呆れられた。いくよじゃあ、年末、つ、つきのわぐま、ま、満月、つ、ツリーハウス、ス、スピッツ。つ、多いなって誰かが前のめりに言って私も笑って、餃子屋の戸口から熱の匂いと一緒にこぼれ出て、ああ酔っぱらってるんだって自覚して、たばこの煙と十二月の夜風で頬を叩《はた》いた。

たばこは高級で、あなたたちは気高くて、まるで獅子座みたいで、してあげられることが何ひとつ見つからなくて憎たらしかった。まじめな服装に身を包んだ人が通り過ぎるたび、私はあなたたちの陰に隠れた。私を見つけ、私に与え、私をほめたりばかにして、風船みたいに膨らまし、浮かばせて、破裂させたあなたたち。あなたたちの姿を道の向こうに見つけただけでにやけてしまう自分の顔の筋肉が嫌いだった。あのさ顔ってさ、顔にも筋肉があるんだよ。そりゃあるだろうな。だけど忘れていたよ。まあ、忘れちゃうよね。そうだね。いま、天使みたいな頭痛が通り過ぎていって、私は砂漠にひとりでいる。

ある朝、あなたたちに会うのが急に難しいことになる。あんなに緊密であんなに緩みなかった糸の束がさっきまで見ていた夢の中でほどける。にやけた顔の筋肉を元に戻せなくなるようなことが、一年に一度、視界の隅で摑まえる光の現象みたいになる。ある日、ここにいる理由はもう何も残っていない。頭頂から爪先まで朝日に晒されて、私の口は勝手に喋りはじめる。隠れる場所がもうどこにもないから、私はまじめな服を着る。この朝を迎えることを知っていたみたいに、私のしたくは整っている。これからは不要になるいくつかの重要なルールを、明日出す粗大ごみの隙間に詰めこむ。あなたたちの身体にできるだけ触らないこと、あなたたちを私たちにしないことが、間違えないためにとても重要だった。あなたたちだっていつも、私に触るかわりにしりとりを始めたのだ。

天使みたいな頭痛が通り過ぎていって、
朝が来る。

ひとりで

プラネタリウムを辞める

Ｉさんがプラネタリウムを辞めた。雨の
降っている日だった。毎朝いちばん早く起きた
人が空を見ていい天気かわるい天気か決める街でその日はわるい
ということになっていたけれど、雨はわるくないことを誰も
わるくないことをＩさんは知っていた。誰も
わるくなく雨もわるくなくてもプラネタリウムの仕事を
辞めなくてはならなくなることもあるのだった。地球
以外の星から見れば、蠍座は蠍の形をしていない。
でもほんとうは地球から見ても蠍の形なんてしていない
ことをＩさんは知っていた。

五千年も昔に誰かが放った想像上の蠍を、私たちはいまも
たいせつに養っている。プラネタリウムには蠍の物語が
　　　いつでも取りだせるよう密封してある。
　　　　　　　　　　　　Ｉさんは傘をさした。
傘の表面にばらばらと落ちてきた水滴をつなげると鳩座だった。
あっちにもこっちにも鳩座ができた。鳩たちの羽が濡れていた。
天体は運行していた。樹木も菌も恋人たちも等高線も地表も
すべては動いていた。感覚器では察知できないものの名前を
私たちは学び続ける。
　　　　　　　　　　　Ｉさんは水滴を振りはらった。
　　　　　　　　　　ららららっと鳩が飛びたった。

図書館の完成を待つ

胸の高鳴るような犯罪がもっと満ち溢れるべきだ
この街には。だから駅前に新しい図書館が建つのは
十分悦ばしいことだ、とHさんは思った。

半透膜と緻密な足場に覆われた巨大な建造物が
刻々と姿を変えながら膨らんでゆくのを
Hさんは駅を出入りするたびに見た。
不敵な笑みがHさんの口元に広がった。

すこし前

駅前には高層ビルが林立していた。
帰りが遅くなるとＨさんの胸はいつも高鳴った。
それはビルの巨大なガラス壁を鏡に
ダンスの稽古をする人たちだった。
いる日もあればいない日もあった。
曜日は決まっていなかった。
すこし離れた暗がりから
Ｈさんは身体が冷えるまでダンスを見た。

図書館用地の区画整理が始まると、夜警が厳しくなった。
巨大なガラス壁のあるビルのいくつかが取り壊された。
Ｈさんが腰かけたつめたいガードレールも撤去され
ダンスの稽古は無期限の休みに入った。
駅の利用者の通行に許可されたのは狭い道ばかりだった。
一度も喝采を贈らなかったことが、Ｈさんには悔やまれた。

稽古は何度もあったのに。
夜は何度もあったのに。

あれからずっと図書館の完成を待っている。
胸の高鳴るような犯罪がもっと満ち溢れるべきだ
この街には。だから駅前に新しい図書館が建つのは
十分悦ばしいことだ、とHさんは思った。

一遍

越えようとしている山に
雲がかかった
いい雲か
わるい雲か
知ろうとして
人はとまる

声が聞こえる
（とまれば死ぬぞ）
あなただけに　聞こえる声

誰も拒まず　帰さずに
こんなに集まり膨らんでも
墨染めのひとりぼっち

跳ねる馬になってしまって
降る雨になってしまって
踊るとき　うれしくて
笑顔も忘れて　息をしていた
（とまれば死ぬぞ）躯を捨てた

越えようとしている山を見る
雲がこちらに気づいて
進路を変える

破壊行為

騒ぐのだった、雨が、透明な拳でガラス窓を
割らせろと。かつて匿ってくれた分厚い二重扉は——
窒息しそうなほど深く、重い、闇に沈めてくれる真空は
劇場側からも待合ロビー側からも破壊されてしまって
あなたは眠りを獲得するため、現実的にならなくちゃ
と繰り返した、その現実の姿かたちも知らないままで。
暴れるのだった、雨が、一度でいいから、花を
育てさせろと。守れない約束ならしないでよ。と
あなたは防御装置を作動させて——美しい牧羊犬を
放ち、それは、踏み荒らして——その残酷な警告が

希望を持つなんて許さない。と、雨に、届いたことにも
気づかなかった。

ジョーカー

あなたは笑う。　あなたは悲しい。
あなたは笑う。　あなたは痛い。
あなたは高笑い。　あなたは孤独だ。
あなたは嘲笑う。　あなたは惨めだ。
かわいそう、私はあなたが。
おそろしい、私はあなたが。
何がそんなに可笑しいの。
何がそんなに刺さっているの。
わからない、私はあなたが。
何も差しだすことができない

私はあなたに――。
あなたは笑う。あなたは踊る。
あなたは笑う。あなたは殺す。
あなたは笑う。あなたは革命家。
あなたは笑う。あなたはみなしご。

私も笑った。迷ってしまって。
私も笑った。怒ってしまって。
少し経ったら真顔をつくった。
知っているふりをした。
私は遊んだ。祈るふりをして。
私は歌った。愛するふりをして。
私は微笑んだ。抱きしめるふりをして。
私はにやけた。ごまかして。

あなたは笑う。あなたは知らない。
あなたは笑う。あなたは求める。
あなたは笑う。空気が燃える。
誰かがあなたを見て笑った。
可笑しいことなんて何もない。

誰もあなたを探さなかった。
誰もあなたを邪魔しなかった。
私があなたを探さなかったのに
あなたが私を見つけるようなことがあれば
生かしてはおかないだろう
あなたは私を——。
あなたの憤りは爆笑している。
あなたの傷口は冷笑している。
私は笑う。私は脅える。

私は笑う。私は黙る。
今日は、あなたは笑っていない。
あなたは私を凝視する。

世界が踊っているのだから　——für Pina

薄暗い窓辺
ぎしぎしいう床
こつこつ鳴る足音
テーブルと椅子
愛しています
崩れた壁
飛ぶ樹
女たち
髪を洗う女たち
どこかで水の音

並んだ椅子
滑っていく椅子
おろおろする人
ハイヒールの死体
行かないでくれ
男たち
連帯する男たち
ののしりあう男たち
もっとひどい
追いかけまわす男たち
逃げまどう女たち
でも何から？

瓦礫

夜の匂い
闇のなかで待っていた
命のかかわる賭け
追いつめられた動物
小舟の旅と
疲れた踵
権力の身振り
革命の身振り
発砲
それから逃走
きつい冗談

目くばせ
沈黙
古い歌と

庶民的な楽器
求愛する男たち
化粧する女たち
雄弁な鎖骨
笑い声
くすくす笑い
ばか笑い
また目くばせ

執着
回転扉
跳ねるボール
子どもの遊び
水しぶき
泣く男

土の匂い
赤い生け贄
汗のしずく
疲れ果てるまで
疲れ果てても
止められなかった
ひとつの
動き

踊りたい
でもどうして？
踊りたい
どんなふうに？
踊りたい
息を吸う

それから吐く
手足が伸び
魂が育つ
老いて死に
散歩する幽霊と
雑で煩い生きたからだが
知らないうちに見つめあう
それから一瞬
抱きあう

強い風が吹いて
誰かが帽子を押さえ
曇天から雨が降りだし
誰かが最初の傘を差す
また次の朝がきて誰かが洗った髪を梳かし

静けさと寒さのなかで温かいお茶を淹れる

舞台に立ったとき
緊張で足が震え
舞台に立ったとき
頬が熱くなるのがわかった
ずっと知っていた
ずっと知らなかった
私も踊りたい
世界が踊っているのだから

みや子の話

海のある街に引っ越しました。住んでみるまで、住んだ家の窓という窓を開け放ってぼーっと日向ぼっこしているときに海方面から漂ってきた潮の匂いを嗅ぐまで、海のある街なんてほんとうはどこにもないんじゃないかと疑ってました。だって海は海、街は街よ、街の中に海があるわけないじゃない、ただ接しているだけでしょ。ちょっとみんなロマンティックに言いすぎだと思ってた。でもそうじゃなかった、言いすぎでも嘘でもなかった、海は街の中に入りこんでいて、街には海の記憶があって、路地という路地には潮の匂いがして、いつか津波が到達した辺りで髪の毛切ってるヘアサロンやちょっと前まで砂浜だった土地で介護し介護されてる老人ホームがあって、海だった場所に土を盛って植えた松がもうすっかり根を張ってもその場所が海だったことを憶えている人がまだ生きてて、その松は毎日どこかで伐り倒されてて、プール付き高級マンションの8階あたりの壁の溝ではとんびが日光浴しててて、いい波に向かうサーファーたちは海のない街だったらすぐに通報されそうな格好で自転車を乗りまわしてた。

それで、海のある街があるってことをあたしは知って、大きな水が海へ流れ出ているゆたっと広い河口もこの目で見た。その川にかかっている橋のてすりにはれっきとした海鳥が列をなしてとまっていました。まるまるふとったカモメでした。

野鳥を見るのが好きなんです。新宿ではカラスしか見なかった。中央公園のほうまで行けばヒヨドリもいました。いまでもたまに仕事で六本木へ行くんですけどあそこのハトはカラスみたいに真っ黒で都会を生き抜くためにハトだってこうして黒く染まったんだと思うといとしくなります。

街に染まって生きてきました。十八で上京して最初は西荻窪に住みました。もちろん北側よ軍人じゃなくて文化人の街のほう。そんなこと住んだ当初は知らなかったけどなんとなく肌で感じたのかもしれない、いまは随分おしゃれな街になって若い人がたくさん住んでるしたぶん家賃も上がってる。間借りで下宿していた古い邸宅はちょっと前に見にいってみたらすっかりきれいな軽鉄骨のアパートに変身してた、いかにも新品で清潔で抗菌って感じで、変わり果てちゃってさ、へんな家だったのに、へんな場所が好きなのに。へんな場所がどんどんなくなってしまう気がする、場所がなくなるとすてきにへんな人たちまでいなくなってしまうような気がする。寂しい。

そもそも田舎を出て東京で暮らすってことは部屋を借りて住むってことだった。何もない部屋に自分で用意した家財道具や電化製品を置いて、借りて住むってことはいつか返すってことで、返すってことは立ち退くってことで、立ち退くってことは、その部屋に持ちこんだ自分の荷物を全部出さなきゃならないってことだった。寂しさを担保にいれて、そういう自由を手にいれて、住みたい街に住んできました。部屋を借りて住むということは、移民になるということだった。私は移民にやさしくなりたい、私だって移民だから。東京の人はみんな移民よ。

早稲田のレンタルビデオの名画座もその向かいにあった本屋もなくなった、渋谷のブックファーストはファストファッションの店になっちゃった、お洋服なら原宿のほうにセレンディピティっていういい古着屋があったけど閉店したし青山通り沿いのビルの８階にあったファイドロス・カフェも消えた。ファイドロスの窓からは向かいのビルの８階の音楽専門学校に通ってる子たちがギター抱えて出入りしたり煙草吸ったりしているのが見えてドアの明かりが灯ってていつも夜だった、うつくしかった。新宿は新宿でコマ劇はゴジラに踏みつぶされちゃった、あの近くに龍ちゃんの「イン・ザ・ミソスープ」に出てくるバッティング・センターがあるのよ知ってる？　あたし一度だけ行ったことある。あの小説好きなのよね薄汚くて暗くて気持ちわるくてとてもきれいで。

ほんの十数年暮らしただけよ東京なんて。みんなほんとうにいなくなるのが好きだよね。海のある街に住んだってきっと海だけじゃ満足できないから高い電車賃をかけてあちこち出かけるだろうし出かければ出かけただけ思いいれのある場所が増えて――生きてるあいだあとどれだけ寂しくならなきゃいけないんだろう。

だけど、この場所はなんにも変わってないように見える。何年ぶりかしらねえ、あなただって随分来てなかったんでしょ。変わってしまった場所のことは寂しいのに変わらない場所って素直に好きになれない。あたしなんか必要とせずに変わらない場所になったってことがわかるからその時間に嫉妬してしまう。海には嫉妬しないのよ、あれふしぎね。海にはいつかそのうち帰るからかな。ねえ、今夜？　まだ帰らないに決まってるでしょ、あなたどうして今夜あたしと呑んでるかわかってるの、まだ肝心の話をしてないじゃないの。

渋谷、二〇二一

私たちは、散歩していたんです。
平日の夜で、道玄坂ではまだどの店も開いていたけど
私たちがコンビニで買った缶ビールやつまみを握りしめて歩いているのを見ると
店の人は誰も声をかけてきませんでした。
たったひとり、サムギョプサルの店の男の子だけは
私たちを呼びとめて、店の名刺を渡してくれたけど。
渡しながら、私の手にピリ辛新しょうがの小袋があるのを見て
男の子はにやっと笑ってました。
そういうときって、嬉しくなってしまうもんでしょう。
どっちともなく、嬉しくなってしまうもんなんです。

さっぱりした髪型の、男の子でした。

もらった名刺を、コンビニの袋に入れてしまって、私たちはずーっと歩いていきました。

夜で、高速道路が私たちの斜め上を走ってました。

高速道路が斜め上を走ってるところを歩くのはいいです。

もちろん、何か用事をしにどこかへ向かってる途中だとか家に帰る道を急いでるときだとか、そういうときじゃありません。

ただ歩くってときに、斜め上をすーっと高速道路がカーブしてってそれが夜だったりしたら、ずいぶん気持ちがいいものなんです。


大きな交差点の角に、ファミリーマートがあったんです。

このファミリーマートにはね、交差点を見渡せるカウンターがあって入ってくるのは、職業のよくわからないおじさんとか、Ｂ－ＢＯＹとかで。

二月だったか四月だったか、私たちはそこに座ってました。

ギャラリーへ友達の写真を観にいくところだったんです。

店のなかは真っ白く光ってて、
ちょっと汚い黄色に見えるくらい光ってて。
外は夕暮れで、それは、夕日の赤じゃなくて、真っ青な夕暮れで。
高速道路のせいだと思うんだけど。
真っ青な夕暮れは、友達の写真の雰囲気によく似合ってました。
これからそれを観にいくっていう状況に、よく似合ってました。
私はそのときカウンターに座って
肉まんを食べたって覚えています。
デラックスとかじゃない、普通の肉まん。
それでね、そのファミリーマートは、いまはもうないんです。

川沿いの道を歩く方法

傾いてゆく西日に向かって
わたしが歩いていったとき
まだ人びとの寝静まる対岸を
あなたは夜明けに向かって歩いていった
毎年きまって行く場所があった
毎年きまって行く場所があったが
あなたはそこへ行くのはやめて
ひとりで歩くことにした

「今年は集いは、集わないことになりました。」

あなたの対岸を
わたしもひとりで歩いた
何年も暮らしたはずの場所にも
まだ歩いたことのない道がある
四半世紀まえに足繁く通った
外国の雑貨やはがきを売る店は
育児支援の施設になっていた
砂利の駐車場を横切ってフェンスを跨ぐと
センダングサの棘が手足にぺたぺたくっついた
見知らぬ親水公園に踏み入ると
くさむらの分け目から
猫がこっちを見た

あなたもまた公園へ入っていった
冬枯れの林の中に足を踏みしめて立ち

降り積もった落ち葉を掬いあげて
種を撒くようにもう一度
地面に撒いた
葬送なのだった
コンクリートの護岸にもたれて
わたしはそれを見た
顔を上げると空に一列
川鵜たちが居並んでいた

渡ろうと思って
わたしはまた歩きだした
橋が
どこまで歩いても
見つからなかった

羽ばたき
ウォーキング
屈伸運動
楽器の練習
鴨が飛び立って
誰かの声がした
「朝早かったからなあ。」
慰霊祭の日には
キリスト教の教会で
お坊さんが般若心経をよむという
夜がひたひたと明けてくる
石に刻まれた名前を
あなたは書き写す

あの日のわたしは

この町に暮らして三年目
5時46分
かすかな揺れで
目を醒ました

魂の療養所

閲覧室にいる誰もが、何も聞こえない振りをしていた。
ひそひそ声のさざめきが両耳をいっぱいに満たしてしまうと
湿った熱いものが身体の奥から急にこみあげてきて
Oさんは飛びだした。

未来から来た遊覧船のようなかたちの図書館の周りには
嗅いだことのない香りの草地がひろがって波立っていた。
身体をひとつ草地にしずめて、Oさんは深く息を吐いた。
夏の明るい空がいつまでも暮れていかなかった。

一生開かない本が、この世界には何冊あるのだろう。
Ｏさんの左右の目尻から左右の耳の窪みに向かって涙が
放物線をすこし歪めた軌跡を描いていった。

まだこんなにも、何もかもすべて、説明が足りていないのに
ぜんぶぜんぶ中途半端に調べたままで
私たちはいなくなってゆく。

隣で太陽を浴びていた人が、優しい顔でＯさんを見た。
見知らぬ人だったが、Ｏさんの方へ軽く身を乗りだして
「ここはどう？」と言った。
「へんだけどいいきぶんだ」とＯさんは答えた。
どこからそんな答えが出てくるのかわからなかった。
でもその人は嬉しそうにして、ちょっとかもめを見た。

一日がいつまでも暮れてゆかなかった。
雪の積もった日のような静けさが
初夏の草地に漂っていた。
Oさんは図書館の壁を見た。
黄色い塗装の剥げかかった壁に
何かが投げつけられた痕跡があった。
痕跡を覆うように描かれた小さな鼠の落書きの
尻尾の先に新しいかもめの糞が垂れていた。

海鳥の糞からできた島国があると
あれはどの文献で読んだのだったか。
Oさんはしばらくすると起きあがり
黄色い塗装の剥げかかったその建物に
また、さくさくと入っていった。

松浦佐用媛、舞い舞う

まね・ぶ——学ぶ

うまれた日、最初の衣服に袖をとおしたあなたは目の前の顔が笑つたから、そのまねをして笑つた。海鳴りの編みこまれたその服はすぐ窮屈になつた。暑い日のために汗をよく吸う服があり、寒い日のために空気をよくふくむ服があることをあなたは知つた。ひとが着なくなつたシャツをもらつて着、日没を数針ぶん織りこんでまた別の誰かにあげた。誰もが服を着ていたから、あなたもまねをしたの。

まるはなばち――丸花蜂

淡すぎて役に立たない記憶が、氷と混ざりあってゆるくなった生クリームみたいに、ふくらはぎの辺りに漂って、甘い匂いを放っている。控えめな性格だけど、花が咲けば責任感に胸を膨らませてはたらくあなたのコロニーは絶滅をのがれ、夢を媒介にしてそう伝えてくるから、心配はなかった。土の中の巣を訪問できない私が記録を取ることで安心したい気持ちは、蜂たちに許されるだろうか。

まつばら——松原

思ってもみなかった、裸で遊ぶのは危険なことだ
なんて、あなたの羽衣をそのひとが盗ったとき。
人間は自分が何をするか知らない。それが不憫で
怖いのをがまんして優しいあなたは踊ってあげた。
薄っぺらいものはさびしい。さびしさを踊っても
そのひとは喜んで、あなたを好いて帰っていった。
すとんと冷えた。舞台にはかがり火が灯っていた。
あなたは逃げだすことにした、その羽衣を使って。

まくら——枕

見知らぬ人を殺す夢で目が醒めた。太い尖った棒が熊のような体格の男の胸板にぐすりと刺さり、平然としていた男の顔が歪んだ。私には無理だと思ったのかな。真暗な洞穴の入口でぼんやり苔が光っていた。男は倒れていって、その奥に少女が見えた。今度はもっと上手に苦しまないようにと心臓を狙った。ゴロンとひっくり返ってやったーと思った瞬間、少女はクルッと起きて歩きだした。

まぼろし――幻

時間ってなんだろう。昨日いた恋人が今日いない。家じゅう探していちばん大きな布を引っぱりだし、船に向かって振った。船が行ってしまうのを誰も止められなくて、許せなかった、あなたは走った、沼があったから飛びこんだ。沼の底は澄んでいた。水からあがると白い蛇が恋人の姿で待っていた。黙って精密に抱いて溶かしてからあなたを埋めた。人はあなたが石になったとか蛇が食べたと言った。

まね・く——招く

ほころぼころ裂けたみすぼらしい布に身を包んで
ひとびとの渡るのを見て、あなたも渡っていった。
貴い人も賤しい人も生まれた時空から追放されて
さまがわりした故郷に辿り着く。あなたの母親は
そこにはいない。枯野、弔いの涙をあなたは流す、
磨いた演技がいつしかあなたを孕んでしまうまで。
この世界の良いことがすべてあなたにあるように
見知らぬ人が祈ったことをあなたは識っている。

まなづる——真鶴

渡り鳥の名前のある町にもひとびとは渡ってきた。
三万年前の噴火がつくった烈しい地形、深い渓や
ぶ厚い隆起の上に石の道が敷かれ、家が建った。
やがて石垣の亀裂から多肉植物と虎猫と蟻が湧き
半島の地熱の表面に風変わりな神話が繁ってきた。
ひとびとは集会所を建てた。ある日、壊れた錨が
港から届いて扉の把手に据えられた。渡りの話を
誰かが始めると、集まった者は皆それに続いた。

まれびと——客人

知識はどんなに汲みあげても尽きることはないと知って絶望なら簡単にできると知って、あなたは見るのをやめないことにした。始まりも終わりも見届けられなくても点Ａから点Ｂまで、どのみち移動してゆくのだ。あなたの行使できる限られた自由。晴れやかな表情を浮かべてあなたが常世の拾いものを慈しみ息を吹きこむのを家の主たちはあたらしい占いのように、ふしぎそうに見つめた。

まなざ・す——眼差す

マイアミ国際空港で乗り継ぎ便を待っていたとき
レストランの巨大な窓ガラスがとても透明だった。
その明るい四角から見える飛行場の青空は、薄く
高くどこまでも伸び広がっていた。境界線なんて
ほんとうは存在しない。窓ガラスの証明は難しい。
私たちは羽ばたくかわりにまばたきしながら次の
出来事を待っている。航空力学の計算を続けつつ
さいごには深呼吸して目をつむって、海をこえる。

またた・く——瞬く

惑星保護方針に則って定められた手順であなたはこの星には存在しないことばをカプセルに入れた。持ち帰る途中でその性質に変化があったかどうか誰も知り得なかったが、顕微鏡で確認してみるとことばの分子がはつはつと跳ねて踊るのが見えた。エントロピーの神様の掌で、ことばも星のように瞬く。その複雑な振り付けにふさわしい形容詞をわたしたちが発見するまで、あと千年とすこしだ。

註

p.6　「彼らは、身体が何をなしうるかまた身体の本性の単なる考察だけから何が導き出されうるかを全然知らないのである」畠中尚志訳『スピノザ　エチカ（上）』岩波文庫

p.32　伊藤比呂美著「夢みることをやめない」（筑摩書房『手・足・肉・体―Hiromi 1955』所収）からの引用箇所があります。

p.50　栗原康著『死してなお踊れ　一遍上人伝』（河出文庫）からの引用・参照箇所があります。

p.54　映画『ジョーカー』（二〇一九）からの引用・参照箇所があります。

p.72　二〇二一年一月一七日〜二六日の砂連尾理さん、古川友紀さんの記憶・記録からの引用・参照箇所があります。同期間に神戸の新長田、京都の鴨川、清水の巴川、東京・国立の南武線沿いを歩いた三つの身体からの引用・参照箇所があります。また、散歩家・古川友紀さんによる「歩録」の試みから着想を得ました。

p.95　姉崎等・片山龍峯著『クマにあったらどうするか』（ちくま文庫）からの引用箇所があります。

初出

《ふたりで》
「現代詩手帖」二〇一八年六月号〜二〇一九年七月号に掲載されたジェフリー・アングルス、カニエ・ナハ両氏との連載詩「トライアングル・ポエトリー」の一部作品を改題・加筆修正し、書き下ろしを加えました。

《ひとりで》
「プラネタリウムを辞める」……ウェブマガジン「She is」（二〇二〇）
「ジョーカー」……「早稲田文学増刊号「笑い」はどこから来るのか?」（二〇二〇）
「世界が踊っているのだから——für Pina」……「トルタの国語　偉人の書」（二〇一四）
「川沿いの道を歩く方法」……小金井アートフル・アクション！「コロナ禍を歩く」（二〇二一）
その他の作品は書き下ろしです。

《松浦佐用媛、舞い舞う》
藤沢市アートスペース姉妹友好都市文化交流事業「Scholar」展（二〇一八年七月開催）に寄稿した作品を改題・加筆修正し、書き下ろしを加えました。

大崎清夏（おおさき・さやか）

詩人。一九八二年神奈川県生まれ。詩集『指差すことができない』で第十九回中原中也賞受賞。詩集に『地面』（アナグマ社）、『新しい住みか』（青土社）、絵本に『うみのいいものたからもの』（山口マオ・絵／福音館書店）ほか。舞台公演や映像作品など、コラボレーションの仕事も多数手がける。

踊る自由

二〇二一年六月二十五日　第一刷発行

著者　大崎清夏
発行者　小柳学
発行所　左右社
東京都渋谷区千駄ヶ谷三―五五―一二―B1
Tel. 〇三―五七八六―六〇三〇
Fax. 〇三―五七八六―六〇三二
http://www.sayusha.com

装幀　大島依提亜
印刷・製本　創栄図書印刷株式会社

ISBN978-4-86528-030-2